제주의 시 쓰는 날들: 봄 그리고 여름

설레는 봄 그리고
싱그러운 여름을 시작하며

  제주의 자연을 걷다가 마주친 작고 소소한 것들에 감성을 담아 시집을 만들었습니다. 제주의 봄과 여름을 여행하는 마음으로 함께 시집을 읽다 보면 어느새 생생히 살아 숨 쉬는 위로, 사랑, 설렘과 함께 무언가 마음을 '탁' 치는 듯한 깨달음도 느끼실 수 있을 거예요. 일상의 고단함을 내려놓고 잠시 고요해지는 시간을 보내며, 여러분의 여행에 제주의 마음을 찾아보시길 바라요.

당신을 맞이하며
김용희

차례

처음 만나는 사이 _ 19
숲의 초대장 _ 20
봄의 새싹 _ 22
저마다의 봄 _ 23
봄 한라산 _ 24
숲속 생명의 이야기 _ 26
자유의 봄 _ 27
봄의 숲 _ 28
아주 작은 것들의 봄 _ 29
나비 _ 30
나비와 바위 _ 31
홀로 있는 나비 _ 32
도두봉에서 만난 이 _ 34
꽃봉오리 _ 36

1부 설레는 제주의 봄

진정, 봄. _ 37
씨앗에게 _ 38
고사리 따기 _ 39
제비꽃 이야기 _ 40
너는 너니까 _ 42
봄 놀이 _ 43
벚꽃 _ 44
초피나무 _ 45
숲에서 만난 세 친구 _ 46
봄의 보이차 _ 50
꽃비 _ 52
고백 _ 54
찔레꽃 흔적 _ 55

여름 산책 _ 58
아침 걷기 _ 59
살아 있다는 것 _ 60
인동덩굴꽃 _ 61
정상까지 _ 62
당신이 가진 것으로 _ 63
당신의 색으로 _ 64
강아지풀 _ 65
그대라는 세계 _ 66
삶에 관한 여러 질문 _ 68
사랑의 시작 _ 70
여름밤 _ 72
소중한 인연을 알아보는 법 _ 74
당신을 진정 사랑하는 사람은 _ 76

2부 싱그러운 제주의 여름

제주 노루 _ 78
노루에게 _ 79
지금의 너 _ 80
인생에서 가장 소중한 것 _ 81
오늘의 도전 _ 82
용기가 필요할 때 _ 83
망했다는 느낌이 들 때 _ 84
오늘은 이만 쉬어야 할 때 _ 85
바람의 춤 _ 87
짝사랑을 하는 너에게 _ 88
여름에 하는 사랑 _ 89
오늘 하루 _ 90
오늘의 당신 _ 91

"인생은 동전의 양면을
아슬아슬 타고 달리는 것과 같아서"

"당신이 더 밝은 쪽을 택할 때
비로소 당신이라는 예술이
세상에 나올 수 있을 것."

1부

설레는 제주의 봄

처음 만나는 사이

서둘지 말고 천천히
당신과 나의 이야기가 흘러 다니게

우리가 조금 더 가까워질 수 있게
서로 부담스럽지 않게

숲의 초대장

이곳은
당신이 잠시
쉬었다 가는 곳

지친 날개를 내려놓고
잠시만 고요해지는 곳

순간의 접촉으로
새롭게 태어나는 곳

봄의 새싹

우리는 저마다의 이야기를 하지만
나 자신이 누군지 진심으로 궁금합니다.

애써 모른 채 외면하지만
이 인생의 의미가 무엇일지 궁금합니다.

우리가 마음속에 품은 생각은
봄이면 싹을 틔워요.

겨우내 나는 어떤 씨앗을 심은 걸까요?

저마다의 봄

사람들은 저마다의 봄을 기다린다.

어떤 이는 맛있는 걸 실컷 먹어 보았고
어떤 이는 멋진 사회를 실컷 만들어 보았고
어떤 이는 힘껏 달려보았다.

나는 쉬운 것은 재미없어
오르막 내리막을 달리다
우연히 화려한 봄을 만났다.

당신은 어떤 봄을 기다리고 있는지…?

봄 한라산

봄이 되면 한라산은
아래부터 연두색으로 갈아입고
내 마음속으로 걸어들어온다.

검은 문을 열고 나가면
커다란 산이 내 마음을 들어 올려
푸른 하늘을 날아
구름 위로 높게 떠오른다.

봄 한라산은
얼어있던 내 마음을 다 먹어버리고

저편 내 앞에서
이편 내 마음으로
그렇게 연둣빛을 전해준다.

이곳에서 사랑을 전하고
이곳에서 편안함을 느끼고
나는 그렇게 싱그러운 사람이 되어간다.

숲속 생명의 이야기

어딘가 있겠지 너의 이야기
작지만 생기 있는 너의 이야기

처음보면 소중하고
익숙하면 시들한
우리 인생에서
유연한 물결을 타고 넘어가는 법

여기 이곳에 온다면
배울 수 있겠지

작지만 생기 있는
숲속 생명의 이야기

자유의 봄

생각보다 내 몸은
그렇게 약하지 않다.

겨울이 가로막고 있어서
생각한 것일 뿐

봄이 오니
봄과 함께
뛰고 구르고

봄이 되어
자유롭게 뛰어논다.

이제 모두가 해방되나 봄

봄의 숲

숲에서 누군가를 만나기 위해
무작정 한 번 들어가 본다.

오늘 만난 이는
달팽이
작은 새
커다란 나무

이름도 모르는 많은 생명이
지나가는 나의 발걸음을 붙잡고

만날 약속을 하지 않아도
그곳엔 언제나 함께 할 누군가가
작은 위안을 심어 준다.

아주 작은 것들의 봄

잘 나고 싶은 것도
평범하고 싶은 것도
아니랍니다.

나는 그냥 이곳에서
잠시 머물다 갈게요.

나비

나비는 움직임이 귀여웠고
세상에 소풍 나온 것이라 말했다.

놀다 보니 이제는 의미가 없는 것 같다고
어딜 가면 자신을 찾을 수 있는지
내게 물었다.

새로운 뭐가 될 필요 없고
가진 걸 쓰면서 살아봐.

세상에 그림을 한 번 그려보든지.

나비와 바위

내가 크고 큰 너의 걸음을
어찌 다 이해하겠소.

가볍고 산뜻하게 지나갈 뿐이오.

홀로 있는 나비

내가 세상에 홀로 버려졌다고 생각했을 때
밤잠을 설쳐가며 걱정하고
조건 없이 많은 것을 가르쳐 주던 세상이

어쩌면 내게 전하고 싶었던 그 말

너는 버려진 게 아니라
선택받은 걸 거야.

도두봉에서 만난 이

도두봉에서 만난 이에게
내가 해야 할 일을
왜 안 하고 있는지 물었을 때
그는 나에게 말해주었다.

싫은 건 다 이유가 있지.
억지로 하면 탈이 나요.

도두봉에서 만난 이에게
내가 새로운 일을
어떻게 계속할 수 있는지 물었을 때
그는 나에게 말해주었다.

끈기를 가지면
못 할 것도 없지요.

도두봉에서 만난 이에게
이런 것은 이렇고
저런 것은 저렇다고 말했을 때
그는 나에게 말해주었다.

너무 어려워하지 말고
차근차근하다 보면 다 돼요.

꽃봉오리

왜 내 힘으로
안 된다고 생각했지?

한 번 눈 딱 감고
피어나면 되는데.

진정, 봄.

오늘
제비를 만났다.

이제 진정 봄이다.

씨앗에게

가끔
네가 누구인지
세상에 말해줘야 해.

네 안에 갖고만 있으면
우린 네가 누군지
아무도 모르고 있잖아?

고사리 따기

고사리 어디서 따요?
아무리 물어도 제대로 아는 사람이 없다.

작년에는 거기 있었는데
올해는 없어지고
그 길도 그 길인지 아닌지
가물거리고

지나가다 산속에서 만난 고사린
고개 숙이고 조용히 봄을 맞는데
우리는 뭐 한다고 들판에서
보이지 않는 고사리를 찾아 헤매는지

봄에는 고사리를 모두 따니까.
그냥 그렇다고 하니까.

제비꽃 이야기

나는 당신에게 반할 뻔했다.
무심히 툭 던지는 관심에
마음이 녹아서.

나는 당신에게 반할 뻔했다.
새벽을 견디는 모습에
마음이 설레서.

강한 듯한 섬세함에 용기를 얻고
든든히 견뎌주는 그 모습에 위안을 삼고
나도 당신에게 어떤 의미가 되고 싶지만
나는 당신에게 한 줄기 스쳐 가는
바람에 지나지 않겠지.

언젠가
서로의 인생을 평행으로 걷다가
우연히 어떤 각도로 마주하게 된다면
한 번쯤 손을 뻗어 당신을 느끼고 싶다.

그때는 채워지지 않는
나의 텅 빈 마음을

당신이 어루만져 주면 좋겠다.

차갑고 시린 그리움을 밀어내고
흔들리는 내 마음을 다잡고 살 수 있도록.

너는 너니까

봄에는
애쓰지 마라.

애쓰지 않아도
너는 너니까

봄에는 모든 게
자라나니까

애써 없는 걸 쫓지 않아도
너는 너니까

노력하지 않아도
너는 멋질 거니까

봄 놀이

우리는 저마다의 방식으로 놀고 있는데
무엇이 옳고 그르다고 말할 수 있을까?

모두가 하고 싶은 걸
한 번쯤 해보고 지나는 것일 뿐

봄이 다 가기 전에 말이다.

벚꽃

아마 그땐 몰랐는데
봄이 되니 이제야 알게 되었네.

풍요를 보여주는 건 풍요로운 것
사랑을 보여주는 건 사랑하는 것
안정된 목소리를 내는 건 아름다운 것
흐트러지는 건 이제 곧 사라질 것

흩어지는 것들을 잡아당겨 꾸밀 수 있으면
진정 강한 것을 끌어당기고 있는 것

초피나무

이곳의 향기는
당신이 새로워지는 중

더러움이 사라지고
걱정이 사라지고
당신이 편안해지는 중

숲에서 만난 세 친구

산길에서 세 사람이 도토리를 줍고 있었다.
뭐 하고 계세요? 다가가 물으니
무환자나무 열매를 줍고 있는데
갖고 다니면 걱정을 없애 준대요.

그 말을 듣고 나도 옆에서
신기한 도토리를 열심히 주웠다.

조금 더 가다 보니 아까 그 두 사람이
나뭇잎을 따고 있었다.
뭐 하고 계세요? 다가가 물으니
초피나무 잎인데 향이 좋아요.

그 말을 듣고 나도 옆에 앉아
잎을 비비고 향을 실컷 맡았다.

우리는 그렇게 뭐 하는 사람인지
서로 인사를 나누고
잘 익은 상동나무 열매를
함께 먹었다.

상동나무 덕분에
내 머리에도
탄탄한 잎맥이 돋았다.

상동나무를 지나 숲길을 돌다가 누군가 말했다.
이 꽃은 찔레꽃인데 정말 예쁘지?
이렇게 물에 담그면 생 꽃차가 된다오.

그 말을 듣고 우리는
출렁출렁 맑은 물에
찰랑이는 찔레꽃과 함께 봄을 담았다.

우리 많은 공기 해볼까?
마지막 사람이 무환자나무 열매를 평상에 던지자,
우리는 저마다의 방식으로 최선을 다했다.

까르르 까르르 터지는 웃음.

숲을 흐르는 판소리를 타고
돌아 나오는 길에 발견한
두 개의 네잎클로버는

서로의 행복을 빌어주며
우리를 현재로 돌려놓았고

아마 또 다른 시대에 살아보려면
앞으로는 무환자나무를
가까이해야 할 것 같다.

봄의 보이차

숲에서 그리운 이를 기다린다.
까만 발바닥 아린 상처가
쩌억 쩌억 갈라지는 동안에

흙을 툭툭 털어내고
서로 건네던 차를 꺼내서
숲의 온기를 한 모금 들이켜 본다.

그리운 이는 겨우내 잘 살았으려나?

괜한 기다림
잊혔을까 하는 두려움
만나고 싶다는 마음을 밀어내고

숲은 내게 꽃잎을 던져
모두 다 괜찮다고 말해준다.

행여
그 겨울 만남이
그의 마지막 순간이었더라도

입술에 머금은 따스한 보이차는
언제고 그 모습을 다시
꺼내 주겠지.

꽃비

나와 비슷한 처지의 어떤 이에게서
전화가 걸려 온다.

꽃은 이미 지는데
마음속 봄은 오지 않기에
힘겹게 한 마디 건넨다.

봄은 언제나 내게
행복을 맞이하라 손짓하지만

나는 항상 준비되지 않는 것 같고
나는 아직 두 손을 펴지도 못했는데
꽃은 이미 흩날려 흔적도 없다.

누구에겐 행복한 봄
누구에겐 잔인한 봄

고백

고개 들어 말해보지
용기 내서 말해보지
사랑한다고

내가 널 사랑한다고
시원하게
고백 한 번 해보지

봄은 이제 얼마 남지 않았는데

찔레꽃 흔적

집으로 가야 하는데
너의 향기에 취해
길을 돌고 돌다가
또다시 네 앞에 섰네.

자꾸만 맴도는

너의 얼굴
너의 향기
너의 그림자

오늘도 너에게 향하는
나의 발걸음.

2부

싱그러운 제주의 여름

여름 산책

당신과 나
함께 손잡고 걷는 길

때로는 빠르게
때로는 느리게

아침 걷기

마음이
사랑의 단계에
올라서려면

마음이 맞는 사람과
길을 걸으며
눈을 맞추고
이야기를 나눈다.

비로소 발견하는 내 모습

'아, 나는 꽤 괜찮은 사람이었구나.'

살아 있다는 것

당신이 살아 있다는 것은
호흡을 깊게 하고

숨을 들이마실 수
있다는 걸 아는 것.

인동덩굴꽃

이 작은 꽃 안에
사랑하는 이가 들어있어요.

향기 속에는
당신이 들어 있어요.

함께한 시간
추억
그리움

그리고 나의 어린 시절이
들어 있어요.

정상까지

한걸음
한걸음

그게 가장 빠른 길이야.

당신이 가진 것으로

많은 생각을 해보는 건 아니고
한 번 밀어붙여 보는 거야.

힘만 준다고
뭐가 되는 것도 아니야.

그냥 슬슬
당신의 색연필로
쓱쓱

세상에 던질 수 있는
최소한의 것으로

당신이 가진 것으로

당신의 색으로

누군가
대신 칠해주면 좋겠지만
무슨 색을 원하는지
다 알 수는 없잖아?

온 세상을 칠하면 좋을 텐데
당신의 색으로

당신이 한없이 커지고
세상을 한 바퀴 돌아
모두가 당신을 알게 되면
평화로운 세상이 될 텐데

행복한 당신의 색으로.

강아지풀

당신을 정의 내릴 수 없는데
손끝에 감촉이 좋아요.

간질간질 조금 더 걷고 싶은데
다섯 손가락을 놓을 수 없네요.

빙글빙글 돌아 걷고 또 걸어도
길은 자꾸만 이곳에서 끝나가는데

맞잡은 이 손은 놓고 싶지 않아요.

그대라는 세계

때론 한 번씩 눈을 맞추고
서로의 목소리에 귀 기울이고
의무가 아닌 존재로서 스치듯 만나
오롯이 나로 있어도 존중받을 수 있는
그런 당신이 감사합니다.

서로가 세상의 공기가 되어
가끔 한 번씩 대화 나누고
편안하게 느린 걸음 여유 나누며
그냥 곁에 머물러도 중심을 잡는
그런 당신이 감사합니다.

지나가는 시간을 잡지 않으려
가슴속에 새겨진 길을 따라서
조심조심 기억을 더듬어 가다
쉬고 싶어 다다른 길모퉁이에
거짓말처럼 마주한 당신이 감사합니다.

삶에 관한 여러 질문

당신이 내게
어떤 삶을 살고 싶냐 물으신다면
걸림 없는 삶이라 말하겠어요.

여러 삶 중 하나를 선택할 수 있다면
유연히 흐르는 삶을 고르겠어요.

누구와 함께 살아갈지 물으신다면
거짓을 멀리하는 사람이라 대답하겠고

언제까지 살고 싶은지 물어본다면
내가 세상에 줄 수 있는 게
있을 때까지라 할 것 같아요.

당신이 또 내게
어디서 살지를 물어보시면
자연을 벗 삼겠다 말해보겠고

무엇을 하고 싶냐 물어본다면
스스로 세상에 표현하겠다 말할 것 같네요.

마지막으로 당신이 내게
왜 사는지 물어보시면
인생의 의미를 찾고 싶어서라고 대답할게요.

사랑의 시작

당신의 새끼손가락은 말랑하고 따뜻했다.
당신은 나에게 세심한 성격이라 말했다.

당신도 나만큼 섬세한 사람일까?
우리 둘은 닮았을까?

나는 당신이 궁금하고
당신도 내가 궁금하다.

우리 둘은 언제쯤 마주하고
언제쯤 사랑할까?

여름밤

좋긴한데 끈적이고 싶진 않았고
보고픈데 성급하고 싶진 않았고
다가가면 특별히 하는 것 없는
눈 맞추면 너무나 아쉬운 그대

이 밤처럼 싱그럽게 함께하다가
이 밤처럼 아쉽게도 보내버렸네.

기약 없이 언제 한 번 만나겠지만
그 밤은 정녕 오늘이 아닌 거겠지.

눈에 담아 다시 한번 꺼내고 싶어
하염없이 걷고 있는 이 여름밤

소중한 인연을 알아보는 법

누군가
당신의 이야기에
귀 기울이는 사람이 있다면
그는 당신을 소중히 여기는
사람입니다.

누군가
당신의 성과에만
귀 기울이는 사람이 있다면
그는 당신을 이용할
사람입니다.

당신도 삶에서
소중한 인연을 만나길 원한다면
잠시라도 생각을 멈추고
그가 누구인지를 바라봐야 합니다.

그와 함께하는 이 순간에
마음을 오롯이 모으고
진실한 마음으로
그와 함께 있을 수 있어야 합니다.

당신을 진정 사랑하는 사람은

어떻게 세상 모든 사람이
널 좋아하게 만들겠어?

그건 한낱 환상일 뿐이지.

그래도 만약
있는 그대로 보여줘도
괜찮은 사람이라면

그 사람이 진정 널 사랑하는 사람이겠지.

제주 노루

숲에서 단둘이 만나는 순간
설렘이 시작된다.

공기마저 내려앉는
신비한 순간

시간이 잠시 내게 멈추어 준다.

노루에게

나는 갑자기 다가가서
너를 놀라게 하려던 건 아닌데

스치던 몸짓에 놀라서
가버린 너는
오늘 너는 괜찮니?

나는 네가 또 보고 싶은데

지금의 너

괜찮아.
인생에서 무슨 일이 일어날지
네가 어떻게 다 알 수 있었겠어?

그 일들은 지금의 너를 만들기 위해
일어나야만 했던 일인가 보지.

두렵지만 용기 내서 나아가다 보면
아마 이 세상에서 너로 살아도
넌 참 괜찮은 사람이란 걸 알게 될 거야.

인생에서 가장 소중한 것

우리 인생이 뭔가 잘못된 것 같은 채
그냥 흘러가고 있을 때

자신이 정말 소중한 존재인 걸
모두 알면 좋겠어요.

인생은 편안해도 된다는 걸
알게 되면 좋겠어요.

오늘의 도전

아마 비상을 하고 싶다면
오늘의 궤도에서 벗어나야 할 거야

뾰족한 가시를 안고
마주하기 싫은 네 모습을 보고도
웃으면서 날아가야 할 거야

지금은 믿기지 않아도
현실은 생각보다 훨씬 더 쉽거든
너무 두려워만 하지 않으면 날 수 있어

너도 한 번 날아올라 봐

용기가 필요할 때

갖고 있지 말고
세상에 던져봐.

그래야 네가 누군지
한 번 표현해 볼 수 있는 거잖아?

언젠가 더 좋은 것을 만들겠다고 하면
그 언젠가는 영영 안 올 것 같은데….

망했다는 느낌이 들 때

괜찮아.
못 할 것도 없지.

어차피 달리는 건 잘하잖아?

오늘은 이만 쉬어야 할 때

잘 되는 날이 있고
안 되는 날이 있잖아

그래도 노력해 봤으니 그걸로 된 거야
지금부터 지치지 않고 하는 게 더 중요하지

아마 잘 되는 날이 오면
너의 노력도 빛을 발하게 될 거라 믿어

그러니 오늘은 이만 쉬었다 가자

바람의 춤

그녀는 아름다웠고
내게 바람의 춤을 춘다고 말했다.

바람의 춤은 어떻게 추는지 물었을 때
움직임을 줄이고 손으로 잔잔히
흘러가는 것이라 말했다.

지나간 것을 잡지 말고
손가락 사이로 시간을 흘려보내고
잠시만 찰나에 머무는 것이라 말했다.

짝사랑을 하는 너에게

방금 헤어졌는데
그녀가 다시 보고 싶을 때

숨을 고르고 잠시
심장박동을 느끼는 거야

뭐가 그리 급해
서두를 필요도 없는 거야

심장이 숨을 고르게
불안함은 잠시 거둬들이고
여기에 앉아 조용히
때를 기다려보는 거야

어쩌면 지금 달려 나가는 것보다
더 좋은 미래가 올지 모르지

여름에 하는 사랑

세상엔 많은 방식의 사랑이 있지만
내가 생각하는 사랑은 항상
이루어지지 않아.

바라볼 수 있으면
괜찮다고 생각하는 사랑

그게 이 여름을 견디는
나만의 사랑법이야.

오늘 하루

나는 이제 그만 떠나야 하는데
흘러넘치는 물을 막을 수 없네

지니면 없어질 것 같고
흘리면 못 갈 것 같고

그냥 여기서
계속 받아낼 수 있으면
잘도 흘러갈 수 있는데

하루의 시간은 대체 누가 정해 놓은 건지.

오늘의 당신

오늘 당신이,
최고의 모습이 아니더라도
최선의 모습이면 되었다.

제주의 시 쓰는 날들
ⓒ 김용희

발행일
2024년 8월 15일

지은이 김용희

사진 김용희, 이희경
표지 김용희
일러스트 권서현
편집.디자인 김용희

발행처 달책방
발행인 박주현
출판등록 2022년 06월 23일 제2022-37호
전자우편 moonbookbread@gmail.com
대표전화 064-782-4847
등록주소 제주특별자치도 제주시 구좌읍 대수길 10-12

정가 10,000원
ISBN 979-11-979778-8-6 02800

이 책은 저작권법에 따라 보호받는 저작물이므로
무단 전재와 복제를 금합니다.